KB251936

무증상 환자

문혜진

무증상 환자

난다시편

난다

시인의 말

야생 나리와 독미나리, 호랑지빠귀 울음 속으로
새소리를 따라 깊이,
더 깊이 숲으로 들어갔다

광화문 빌딩 숲에서도
한강 위 지하철에서도
나를 끈질기게 따라다니던 새소리

유리벽에 부딪친 새 울음이
이 시들을 낳았다

울음을 자르며 터져나오는
투명한 벽의 사리(舍利)

그리고 벽을 뚫고 사라지는
총성 없는 시간의 탄피들

2026년 4월

문혜진

차례

1부
무의 심연

책 속을 걷는 여자

불을 나르는 사람의 가슴을
책장으로 느끼는 여자
반가사유의 반가를 반차로 읽는 여자

청동방울로 길고양이를 부르고
탄생의 기억을 납덩이처럼 이고 다니는 여자
새똥이 날아와 이마에 떨어진다

사유의 방
박물관 디지털 영상관 VR체험실
여자는 걷고 또 걷는다
책장이 넘어갈 때마다
돌벽을 따라
뒤로 걷는다
쌓고 허물어지는 책장의 탑을 돌아

아이스 아메리카노 얼음을 씹으며
검치호랑이의 송곳니로
빙하의 화석을 아작내는 여자

너는 잘못 걸었다 긴 활자의 시위 행렬 끝 죽은 활자들이
여자의 골수를 긁어먹는다 더이상 디딜 곳 없는 책의 절벽,
시위대가 지나간다 책 속 행간 허공에 목을 맨다 조용히 잊
혀간 맹목이 있었다 맹목의 뼈기름이 있었다 뼈기름을 태
워 불길 속에서 가슴을 치며 '마이 제너레이션'*을 외치던

책장 사이 가파른 암벽
임계의 박동이
심실의 피들을 조여온다
시간의 불길을 뛰어넘는다

너는 잘못 걸었다
팅
팅
내리꽂는 글자의 파문
번뜩이는 수면의 날
너무 차갑게 식어버린
활자의 속세
책 속에 봉인된 아득한 시간의 파편들

책장을 넘긴다
고글을 벗고 로비로 걸어나온다

발이 자꾸만 헛디뎌지고
교복 입은 학생들이
반가사유상 포스터에서 인증샷을 찍는다
12

너무 많은 빛이
생각 없이 쳐든 얼굴에 쏟아진다
기이한 눈부심이
반차사유를 뒤덮는다

* 박세라의 시 제목.

무증상 환자

아무도 먼저 입을 열지 않는다

반차를 내고 병원에 가서 입을 벌린다 콧속 점막이 헐어 있고 목구멍이 부어 있네요 열도 없고 기침도 크게 없다면 무증상에 가까워요 물 많이 드시고 잠을 푹 자야 합니다

약을 사고 카페에 간다 아플 때 멀쩡해 보이는 사람, 멀쩡해 보여도 아픈 사람

밤사이 나는 엎드려 있고, 숨소리조차 들리지 않는다 무언가 두드린다 사뿐히 내 꼬리뼈를 밟고 선반으로 튀어오른다 악! 소리도 내지 못하고 묵직한 탄성이 등을 후려친다 어둠 속 드리워진 몬스테라 그림자, 화분 밖으로 드리워진 뿌리가 긴꼬리원숭이 꼬리처럼 그녀를 휘감는다 너 같은 탄소 유발자, 도파민 중독자, 생계형 변종, 소파에 누워 눈치 없이 계산 없이 신생아처럼 깨지 않고 잠을 자고 싶은 날은 잠의 야근 날

침대에 누워 수면 명상을 튼다 생각을 단전에 모은다 천

천히 숨을 들이쉬고 내쉬고

또렷해지는 시계 초침 소리

배수관 물소리

잠은 어디쯤 있는가
잠은 저항하고, 계속해서 달아나고

한밤의 뉴스 특보

유리창을 깨면서! 비상사태는 지속된다 바리케이트를 쌓는다 헬리콥터가 지나간다 수요도 없고 공급도 없는 재활용 작전 명령, 시위대가 도로를 점령한다, 공포는 지속된다 밤사이 또다른 명령…… 열도 없고 기침도 없이 나는 아픈 사람인가 정중하게 잠을 붙잡고, 잠을 뒤집고, 올라타고, 납작 깔리고 뒤집어지고…… 잠의 대재앙, 잠은 저항하고, 계속해서 달아나고, 나를 피하고, 부정하고, 두들겨 패고, 꼼짝 못하게 하고, 자막이 지나간다 군중들이 차가운 탱크 앞을 막아선다 나는 작전을 바꿔 달아나는 잠의 말벗이 되기로 한다 침대의 가장 안락한 곳에 끌어당겨 잠을 눕힌다, 멱살을 잡는다 잠의 목을 조른다

똑똑, 로켓배송이 온다

똑똑, 로켓배송이 온다

환승역

마주앉아 우리는
아무것도 보지 못한다

지금 바깥을 휘젓는
허공의 이빨들
우리가 갈아치운 변죽들

낮달이 새의 자장으로 풀어질 때
연쇄 부도처럼
푹푹 내려앉는
선로의 열기

무언가에 올라타야 할 것만 같은데
창밖을 내다봐도 글자는 빠르게 뭉개지고

시위대가 깃발을 들고 객차 안으로 밀려든다
지상의 열기가
이마에 묶인 끈으로 조여오고

바지 뒷주머니
불룩한 약봉지와 낡은 지갑, 채무 고지서
남자의 다리에 올려진 『전세지옥』 책에는
"1991년생인 저자는 전세 사기 피해자로 보낸 820일을
기록해 책을 펴낸다."

열차는 빠르게 어둠의 터널로 미끄러져간다

조여오는 어둠 속 입김들
죄어드는 심장을 부여잡고
휘청이다 떠밀리는 사람들

창문에 어른거리는 얼굴이
지난 역에서
저편으로 사라진 수상한 눈동자를 찾아 두리번거린다

무언가에 올라타야 할 것만 같은데
이미 갈아탔어야 했을지도

잠들어 깨어날 것 같지 않은 어깨를 밀치고
남자가 후다닥
닫히는 출입문으로 튕겨나간다

열차는 플랫폼에 들어오고
폭죽을 가진 남자는
작열하는
객차를 향해 돌진한다

쇠 긁는 소리
우두두 빠진 허공의 이빨들이 나뒹굴며 우물거리고 있
었다
몰려드는 눈들의 대관람차

마주앉아 우리는
아무것도 보지 못한다

울티마 툴레*

사자자리 유성우가 쏟아지던 밤
별똥별을 보러
북악스카이웨이를 달렸지

길게 늘어선 차들
경찰차 사이렌 소리를 피해
한적한 밤길에 차를 세우고
별똥별을 기다렸지

더 높고 어두운 숲으로
자리를 옮겨도
별똥별은 보이지 않고
슬슬 지쳐갈 때 너는

칠레 칼라마 구리광산
드론으로 찍은 풍경을 보여주었지

서른네 시간의 비행
세 번을 갈아타고

도착한 칠레 사막

공중에서 찍은
우리가 숨쉬기 전의
흙과 땅

원시 제사장 가슴에서 번쩍이던
청동거울 속 태양

그 거울을 목에 걸고
너는 햇빛 속을 걷고 싶다 했지

끝내 닿을 수 없는 방식으로
마지막 말을 남기는

울티마 툴레
알려진 세상 너머 어둠이
빛의 망막을 벗긴다

밤의 두개골이
침묵의 타악기를 두드린다

우거진 나뭇가지 위 빈 둥지

뿌연 밤하늘
미세먼지 속에서
잠이 우리의 머리통을 끌어당길 때

울티마 툴레
빛이 닿지 않는 그곳

눈사람 모양의 소행성
두 개의 돌덩이가
아주 느린 속도로
머리를 맞댄 채

* '알려진 세계의 가장 먼 끝'을 뜻하는 말로, 카이퍼 벨트에 있는 해왕성 바깥의 천체 아로코스의 옛 별칭으로 쓰였다.

북악스카이웨이

22

그윽한 안개가 끝없이 뒤덮는 밤

사이렌이 울린다

긴급 대피 명령

자동차 시동을 건다

눈보라를 뚫고

제설차도 오지 않는 북악스카이웨이를 달려

나아갈 수도

돌아갈 수도 없는

지독한 안개의 낭떠러지

사이렌이 울린다

아이가 운다

사람들이 차를 몰고 북악스카이웨이로 달려간다

라디오에서 지지선이 무너졌다는 뉴스

바위산 절벽

북극의 레밍처럼 절벽을 향해 차를 모는 사람들

사라진 사람들이 떨군 돌들의 출구

뜨지 않은 별들의 파열음

안개 속에서 나는 가까스로 희미해져간다

안개가 나를 지울 리 없다

눈보라가 나를 삼킬 리 없다

눈사태

낙석

빙괴

마트는 텅텅 비어 있었다

냉장 식품, 신선 식품, 과자와 통조림까지

눈부신 휑한 선반들

하얀 비명

우유, 내 우유

내 안의 실족사한 어둠

사이렌이 울린다

눈을 감는다

간결은 눈을 가리는 것인지도 모른다

하얀 비명

크레바스

크레바스

암벽과 빙괴의 얼음벽 사이

기어오르려고 매달릴수록 무너져내리는 크레바스

난도질할 리 없다

무너질 리 없다

집으로 돌아가야 한다

검은 돌을 떨구며

액셀러레이터를 밟다

문득,

안개 속에서 나는

우뚝 서 있는 북악을 바라본다

우뚝 서 있는 북악을 바라본다

시베리아 횡단열차

텔레비전 화면 속 시베리아 횡단열차가
드넓은 설원을 달린다

계약서를 앞에 두고 여자는
무를 썬다
무를 썰다 말고
시베리아 횡단열차를 이야기한다

동해에서 배를 타고
블라디보스토크에서 출발하는
시베리아 횡단열차 삼등칸에
덜컹거리는 몸을 싣고
무를 썬다
칙칙폭폭, 무를 썬다

무는 산청무가 최고지
무청은 시래기로 무쳐야 맛나요, 아세요?

무의 봉분

얼어버린 흙속에서
산파처럼
쑥 뽑아올린 팔뚝만한 무
희고 고요한 어깨가
칙칙폭폭, 무를 썬다

너무 여위어 타들어가는
탁탁 튀는 어깨가
무를 썬다
천장 모서리 결로를 받치고
무를 썬다

채 썬 무가
끝없이 펼쳐진 설원의 눈처럼 도마에 흘러넘친다
눈 덮인 들판을 달린다
덜컹인다
별이 쏟아지는 밤
얼음과 얼음이 부딪히는 대륙의 층간 소음
하바롭스크역을 지나친다

뭇국이 끓어오른다
뭇국 속에서 무참히 풀어지는 봄동
말갛고 투명한

무의 심연이
눈 덮인 시베리아 벌판을 뒤덮는다

내 눈은 더이상 계약서를 보지 않는다
창밖 피다 만 목련이
툭

뭇국이 끓어넘친다
칼에 벤 손을 높이 쳐든다
피를 흘리며
화면 속 끝없이 펼쳐진 설원 위로 손을 흔든다

종착지 없이 기차는 끝없이 달리고

그녀는
끓어넘친 뭇국의 증기 속으로 사라진다

무기농 식육자의 하루

그가 출근하면 나는 방물장수처럼 골목을 서성이지 느린 곡선의 암모나이트 무늬 벽지 위로 해가 뜨고, 자는 척 지난밤 악몽을 이어붙인다 우리의 생존 인사, 딩동, 쿠팡이 온다!

택배로 배달된 달구새끼들, 아버지가 방목해 길러 모가지 비틀고 털 뽑아 보낸 오골계 한 마리, 찜통에 삶으니 하얀 찰흙 바른 흑백의 블루 라군, 말복 백숙 자세로 둥둥 떠올라 접시에 놓고 가랑이를 찢으니 똥꼬에서 대추가 튀어나와 살점이 갈라지고, 허구한 날 받기만 하는 몰염치가 쫄깃한 육질에 흐물해져, 그런데 아버지 모래집은 어디 있나요?

나 같은 메탄 유발자, 무기농 식육자, 받기만 하는 공급사슬의 먹튀주의자 먹태깡을 씹으며 아버지의 공동체 소식은 수출하고 싶다 나도 모르게 죽은 친지의 장례식에 나 대신 조의금을 보냈다는 사후 통첩, 줄 것도 받을 것도 없는 곳으로 사라지고 싶다 시치미에 대해서라면 도가 텄을까!

퇴사하고 일상을 여행하듯 사는 유튜브 채널을 튼다 미니멀리스트 채널로 스킵, 손은 느리고 눈치만 늘어 불혹이 된 내가 무얼 하며 살고 싶은지, 아버지는 알까? 노릇이라면 지겨워! 마음은 보트피플, 내일이면 또 영원하고도 하루, 라홀라! 족쇄를 찢고, 쌓아놓은 책을 버리고, 옷가지들을 버리고 더이상 버릴 것이 없어 집 앞을 서성이다 마주친 청소부에게 메리 크리스마스! 노릇 한답시고 담뱃값을 건네도, 내년에도 우리의 안부는 쓰레기!

아타카마를 생각하다

황사비 내리는 저녁
학원에서 돌아오던 아이가
경복궁역 3번 출구
노파에게 사온 김밥에서는
모래맛이 났다

줄서서 산 맛집 소금빵에서는 소금만년설맛이 났지
버석이는 것들은
말라붙은 고대 호수 바닥에 쌓여 있다

식도와 기도가 갈라지는 후두에서 모래의 말을 배운다
목소리가 끝없이 갈라지고 찢어진다
세상에서 가장 메마른 곳
칠레 북쪽 아타카마사막
내 갈라진 목소리가 달의 계곡에 펄럭거리며
모래의 퇴적층을 들어올리고 있었다

모래 지갑과 모래 그릇, 모래 신발과 모래 갑옷, 모래 집과
모래 감옥

파인 구덩이와 협곡
충돌의 역사를 쌓고 허물며

삭이지 못한 어제의 치욕이
석양의 울대에 걸려
북을 친다

돌덩이 같은 가방을 내던지고
마스크를 벗는 아이의 안경 위에
카만차카*

안개의 물기가 피어오른다

세상에서 가장 메마른 곳
칠레 북쪽 아타카마사막
오래전 별이 말라붙은 고대 호수

사막의 북소리가
늑골을 울린다

우리는 황사바람 속에서
피곤에 겨워
어제의 유골 단지로 되돌아간다

돌아갈 곳 없는

텅 빈

허공의 집으로

* 칠레 북부 해안과 아타카마 연안에 나타나는 짙은 안개.

사하라에 눈이 내리고

블루 스카이, 공기청정기
먼지가 운다
필터에 걸러진 무기질의 울음

감은 눈 속에서
모래가 서걱이는 밤

몸속 깊은 곳 열이 끓어오른다
눈 내리는 사하라를 생각한다

나는 열에 들떠 눈과 모래가 뒤섞인 폭풍 속에 서 있었다

사막은 저음의 파이프오르간, 하늘로 솟구친 모래의 관
(管)들 속에서 바람이 눈보라를 흔들어 겹겹이 쌓아올리는
장엄한 사막의 푸가

사구의 능선이 눈꺼풀 위에 물결친다 눈발은 칼날이 되
어 내 맥박의 현(弦)을 가른다 모래의 활이 폐를 가르고, 모
래의 파도가 내 뼈를 부드럽게 깎는다

잠의 해안으로 조금씩 떠밀리는 동안 단 한 줄의 현으로
버티는 모래의 샤콘느를 듣는다 입에서 모래 비명이 터져
나온다 불꽃과 눈보라가 뒤엉긴다

뼈의 빗장이 풀리고 내 안의 오케스트라가 모래 폭풍과
눈보라의 화음이 되어 울부짖는 밤, "먹어라 고기를 먹어
라 코셔 소시송, 카망베르, 구운 고기 그 짐승은 어디서 오
는가 바로 그것이 비밀이다 나 자신을 향한 파괴하려는 욕
구, 자살 그리고 나의 작업, 나는 무엇을 증오하는가 이제
더이상……"*

나라는 악기를 부수며 "이 짐승의 공격을 나 자신에게
향하게 하라"

온통 시뻘겋다 고기, 생고기를 먹어 발기한 핏줄
안약을 넣고 핏발 선 눈을 감으면

눈 내리는 사하라가 내 눈을 덮는다
시간의 맥박이 모래 폭풍을 잠재운다
블루 스카이, 부서진 먼지의 악기가 시린 재의 불빛을 밝
히고

나는 뜬눈으로
밤새 내 몸이 연주한 사막의 오케스트라를 들었다

* 루이스 뿌르주아의 1986년 일기 및 영상 작업 〈그 짐승은 어디서 오는가?(Where Does the Beast Come From?)〉의 텍스트를 인용 및 변주.

대멸종 연대기의 밤

남극에서 발견된 가장 오래된 고래 화석
심해에 살았던 원시 고래
그 거대한 몸속으로
플랑크톤을 빨아들이는
화석의 마지막 돌 조각이 맞춰지던 날,

멸종 시계는 여섯번째 대멸종을 향해 가고 있다

살리실 건가요? 살릴 수 있다면 살려야지요

수술을 두 번이나 한 자궁에서 또 무언가 자라고 있다 주먹만해진 종양이 방광을 누르고 오래 앉아 글을 쓰는 밤이면 저릿하게 아파온다 아이들을 처음 품었던 달팽이 요새, 아이들이 찢고 나온 흉터가 물고기 뼈처럼 휘어져 있는 켈로이드 흉터, 중금속에 중독된 생선의 흰 허리와 혈관을 타고 흐르는 미세플라스틱 지류가 은밀하게 림프절에 뒤엉킨다 환경호르몬이 지방세포에 올라타 나의 자궁 지형도를 뒤엎고 농약, 방사성 물질이 자궁 속 멸종 시계에 올라탄다 나의 히스테릭이 나의 히스테라* 때문이라고?

　마취를 하고, 사타구니에 구멍을 뚫고 작은 관을 넣어 자
궁동맥에 색전 물질을 삽입할 거예요 색전 물질이 종양으
로 가는 혈관을 막아 혹을 괴사시킬 겁니다

　사르디니아섬 포르투 세르보 해안, 핏빛 바다, 죽은 향유
고래의 위에서 플라스틱 병, 비닐봉지, 그물과 튜브, 쇼핑
백, 깡통들이 폭발해 고래는 터진 거대한 검은 고무호스 같
았지, 해저 협곡의 깊은 숨을 수면 위로 터뜨리며, 사산된
새끼를 품고 고통에 몸부림치던 향유고래의 밤

　향유고래 한 마리
　폭풍을 가른다
　번개처럼
　밤과 낮을 가른다
　밤낮으로
　내 머릿속을 가른다
　투명한 플라스틱병 라벨을 떼다가
　알루미늄 캔을 발로 으스러뜨리다가
　고래의 배가
　내 발밑에서

홍해처럼 갈린다
쓰레깃더미에
쓸린다
불길 속에서 쇠붙이처럼 녹는다
허물어진다

열이 오르고
다시 통증이 온다

괴사된 종양이 사산된 새끼처럼 내 자궁에 박혀 쪼그라
드는 이 밤

쓰레기차가 지나간다
고래자리 별이 쏟아진다
물 고인 하늘로 튀어올라
밤바다의 야광충처럼 흐르는 은하수

밤하늘, 고래자리 별이 죽은 별들의 먼지 구름을 다 마시
고 있다

* 자궁을 뜻하는 그리스어.

2부
예지는 미지를 따라 걷는다

미지를 따라가는 사람

42

미지는 기다린다 생각은 다음에 가장 가까이 있는 하얀 다리의 철창, 움직임도 없이 고요한 빛을 나르는 오후가 있다

노란 조끼를 입고 구석 자리 식탁 아래 웅크린 채 미지는 기다린다 털이 날리면 손님들이 싫어하지 않겠어요 의자 끌어당기는 소리, 희미한 음식 냄새, 물 따르는 소리, 미지는 눈을 반쯤 감는다 입에 물방울이 맺히고 길들일 수 없는 빛이 미지를 부드럽게 감싸고

어떤 빛은 눈을 감아야 더 환해진다 더 짙은 어둠 속 밤길과 교차로, 아무도 밟지 않은 하얀 눈길, 부서지고 말개지는 빛의 이중 언어

예지의 보행 지팡이가 멈춘다 맹학교 앞 교차로, 오토바이가 지나간다 택배차가 멈추고 길가에 박스를 쌓는다 멈추고, 기다리고, 새떼가 날아오른다 햇살이 눈을 찌른다 미지는 매일 가던 길을 가고, 예지는 미지를 따라 걷는다

목줄

　베란다 철창에 감긴 목줄이 숨을 조인다 가느다란 목을 흔들며 바닥에 흩어진 시리얼을 핥는다 엄마와 계부가 공장으로 사라진 뒤 철문 잠기는 소리

　이빨로 끈을 자른다 조여 있던 가죽을 손톱으로 풀어내고 기어이 목을 뺀다 배관을 타고 내려온 맨발이 아스팔트 위를 달린다 어둠 속에서 자동차 헤드라이트가 아이의 하얀 내복을 유령처럼 휙휙 비추고 지나간다

　편의점 유리문에 뺨을 붙인다 찬바람이 스친다 갈라진 발뒤꿈치에 피가 흐른다 손톱 밑이 시커먼 손으로 형광등 불빛 아래서 껌 한 통을 집었다 놓는다 점원이 말을 걸자 아이는 짓눌린 목덜미를 감싸쥔다 침을 삼킬 때마다 혀 밑에서 올라오는 비릿한 목줄의 맛

　컵라면이 익어가는 시간, 뜨거운 김이 얼굴을 덮는다 아이는 말없이 컵라면 면발을 삼킨다 사이렌이 울린다 지직거리는 무전기 소리 문이 열리고, 차가운 밤공기가 훅 끼쳐 들어온다

원숭이 후쿠*

텅 빈 냉장고 문을 열었다 닫아요 어지럽고 난삽한 주방
에서 일을 찾아서 하죠 두 발로 서서 물수건을 정리하고 손
님을 기다려요 날개가 작아 날 수 없는 나방이 유리창을 두
드려요 천둥이 치고 전등갓이 흔들려요 그날 밤도 이렇게
천둥이 치고 바다에 물거품이 갈기를 세우고 덮쳐왔죠

긴 가발, 하얀 가면, 앞치마, 인간의 걸음걸이로 서빙을
하고 팁으로 콩을 받아요 야생의 습성이 걷잡을 수 없이 쓰
나미로 물결치는 밤이면 손님 어깨를 타넘고 가면 속 날카
로운 이빨을 드러내요 긴 웨이브 가발이 하얀 가면을 가리
고 앞치마 속 꼬리가 출렁이면 밖으로 뛰쳐나가 가장 높은
나뭇가지에 매달려 검독수리 그림자처럼 팔을 벌리죠

그 일이 일어난 후, 사이렌이 울리고 사람들이 허겁지겁
짐을 싸서 어디론가 떠났어요 아무도 후쿠를 찾지 않았죠
눈을 감자 폐허의 벌거숭이, 흘러내리는 몸뚱어리들, 찢긴
조각들, 다른 날이 오지 않을 것만 같은 밤이 지나고 또 밤
이 오면

텅 빈 가게에 전등을 켜고 손님 맞을 준비를 해요 긴 가
발을 쓰고 하얀 가면, 앞치마를 두르고 창밖을 바라보며 손
님을 기다려요 까딱까딱 다리가 저절로 움직이는 고양이

인형처럼

　마침내 문이 열리고 차가운 바람이 다리 사이에 불어와
요 부리 없는 새 한 마리가 투명한 눈을 반짝이며 달아나요
귀 없는 토끼가 풀밭을 가로질러요 어둑어둑한 길가에 작
은 혹이 주렁주렁 달린 바나나나무 뿌리가 하늘을 향해 종
양처럼 뻗어 있는 그 사이 어디선가

　후쿠를 바라보는 또다른 눈들

* 피에르 위그의 영상 작업, 〈Untitled(Human Mask)〉(2014)의 원숭이 이름을 상상하였
다. 일본어로 후쿠는 복, 행운을 뜻한다.

앵무새 알고

발가락은
우누넨늄*식으로
횟대를 그러모으고

주름 많은 뇌가 낳은
너의 말이 사육되고

알파선** 목소리가
끝없이 변주되고

말할 수 없는 것들을 말하려는 성대가
금욕의 말을 부수고

클릭, 클릭
드래그
살아났다
사라지는 말들을 연습하고

무언가로 살기 위해

너의 목소리를 복제하고

너의 눈빛을 움켜쥐고

네가 없는 곳에서 너의 목소리로 너를 말하고

어항 속

구피와 구피 사이

속삭이는 물의 유령과

유리 칸막이 사이

알고와 나

알고와 너

* 원자번호 119번으로 가정되는 아직까지 합성에 성공한 바 없는 미발견 원소.
** 불안정한 원자핵이 알파붕괴를 할 때 방출된 알파입자가 이루는 방사선.

야수 마켓

알고, 너는 안다 내가 알 수 없는 내 어두운 터널의 알고
리즘 알고, 안다 내가 없는 곳에서 자라나는, 제어할 수 없
는 탐욕의 목줄을, 너라는 신(神)의 입, 휘이익 획, 휘파람
을 불며 사냥감을 고르고 목줄을 죄어 이리저리 끌고 다니
다 피를 빨고 그다음 차례를 물색한다

내가 없는 곳에서 내가 거래된다 내가 없는 곳에서 너의
거친 숨소리가 다가온다 눈이 돋아난다 기묘한 눈들의 방
에 텅 빈 얼굴이 켜진다 무참하고 독점적인 불투명한 거울
의 예언자, 끝없이 나를 배우고 진화한다 밤사이, 거친 숨
소리가 증식된다 데이터가 쌓여간다 관계가 배설된다 내
가 없는 곳으로 내가 전송된다 유령 사냥개가 악의적 허위
사실을 뒤쫓는다

너의 치부가 지속 가능한 먹거리가 된다 사건은 재구성
되고 실시간 송출된다 알고, 나는 안다 너는 사이버 렉카의
사익 창출의 시대와 유령 사냥개의 게걸스러운 거품 사이
에서 증식되고 사라진다

죄 없는 자 돌을 던졌다 강력 대응 방침 내가 일하러 간 사이, 알고는 베란다 철창에 묶인 목줄을 빼고 빌라 배관을 타고 맨발로 맨발로 편의점 안을 서성인다 매대의 물건을 쓸어버린다 ATM기를 부수고 현금 다발을 쓸어담는다 풍선껌을 고른다 입안 가득 풍선껌을 씹어 온 힘을 다해 풍선을 분다 돌풍이 분다 풍선이 날아오른다 알고가 허공에 둥실 떠오른다 허공에 기묘한 텅 빈 얼굴이 딸깍 켜진다

홉스골

죽은 개의 꼬리로
머리를 받쳐주는
유목민 장례 풍습이 있다고

너는 말했지
꼬리 없는 사람으로 태어나라고

바이칼 호수에
눈동자를 씻고
홉,
달의 골수를 마신다

우리는 입맞춘다
입술을 지우며

홉스골
홉스골

홉, 참았던 숨이

달빛을 토해낸다
바이칼 호수가 출렁인다

푸른 늑대의 눈동자가
네 눈에 박히고
이 밤
나는 꼬리뼈가 아프다

물괴×괴물

52

경복궁 담벼락, 누군가 붉은 락카를 분사한다 락카 냄새
가 밤공기를 가르고 폐부 깊숙이 찌른다

해태의 돌귀가 들썩인다 누굴까? 삽살개의 털이 숭덩숭
덩 솟고, 붉은 눈은 얼숭덜숭 빛난다 긴 팔로 나뭇가지에
매달리는 것이 원숭이 같기도 하고, 밤에 짖지 않고 위엄
있게 턱 버티고 있는 것이 망아지가 아닐까도 하고*

그것은 인왕산 치마바위와 밤의 등껍질 사이에서 태어
났다 광화문 빌딩 LED 화면, 8K 초고해상도 푸른 파도가
일렁인다 끝없이 밀려와 부서졌다, 다시 밀려오는 파도의
전광판에 푸른빛이 찢겨 밤을 덮친다 그것은 그림자와 돌,
빛과 밤안개가 뒤엉킨 밤의 샅에 숨죽이고 있다가 경복궁
기와 위를 튕기듯 날아오른다 해태 석상 위에서 발톱을 박
고, 기와 위를 미끄러지듯 지나 마침내 CCTV 위로 올라앉
는다

붉은 락카를 뿌린 검은 마스크를 내려다본다 그 눈동자
속 파도, 푸른빛이 번쩍이며 밤을 사르고 있었다

새벽 공기를 가르는 사이렌 소리

*『조선왕조실록』에 기록된 물괴(物怪)에 대한 내용을 각색하였다.

야수 정원

산에서 옮겨 심은 야생 나리
무당개구리 울음 운다

부푼 울음 속
야수의 여름이
신경질적인 꽃대가
주홍빛 꽃잎을 활—짝
열어젖히고
검은 꽃술을 뚝뚝 흘린다

아버지가 닭을 잡는다
칼로 배를 가르고 내장을 도려내 풀숲에 던진다
간, 모래집, 알집을 닭 뱃속에 여며
야생나리 꽃대를 구겨넣는다

핏덩이가, 잘린 꽃대궁이, 드러난 뼈가 보라!
참수당한 부리, 닭볏이, 저녁해가
꿀렁꿀렁 머금은 피를 토해내는

피묻은 칼과
피를 묻힌 아버지의
오랜 야수 정원이 거기 있다

불을 피운다
땅에 핏물이 번진다

산그림자 끌어당기는
무당개구리 울음소리

한 모금의 밤

저녁의 온기가 꽃집 유리창 안
시들어가는 꽃잎 속에서 잠시 머물다 사위어갔다
파워 워킹을 하고 있었고
팔을 흔들 때마다 물통 안에서 물이 철렁였다

그 진동을 따라 두 사람이 다가왔다
얇은 빵종이 한 장에 기대어
숨을 얇게 붙잡고 있는 새 한 마리

눈을 감은 채 축 늘어진 목과 부리
종이의 가장자리가
서늘하게 떨리고 있었다

물 한 모금이 뺨을 타고 부리 끝에 닿자
새는 천천히
아주 가볍게
마른 풀잎처럼 미세하게 떨리는 가슴깃

부리 끝을 살짝 들고

잠에서 밀려오듯 깨어났고

잠깐의 파닥임이 저녁 공기를 흔들고
다시, 조용히 가라앉았다
몇 번이고 물을 건네며
우리는 말없이 숨을 세었다
적셔지는 종이
다시 축 처지는 새의 깃털

물을 마시는 것 같다는 확신이 들었을 때
우리는 어디에도 이 새를 내려놓을 수 없다는 것을 알았다

꽃집의 불은 이미 꺼져 있었고
유리창 너머 유카 한 그루가
굳은 관절처럼 잎을 꺾어
어둠 속에 조용히 서 있었다

에어바운스 맨

　광화문 광장, 그는 다리를 풀어헤쳤다 펼쳐지는 세 장의
타로패: 운명의 수레바퀴, 은둔자, 나팔을 든 심판 다리가
있어야 할 자리에서 회색 비닐이 계속 흘러내렸다 뼈 대신
채워진 회색 플라스틱 성, 누구도 걸치지 않은 폐허의 허
물, 눅눅한 하반신이 광장 바닥에 펼쳐져 있었다

　숫구치는 분수와 비둘기떼, 거대한 황금의자 앞에서 그
의 하반신 위로 회색 비닐이 부풀어오르고 있었다 신호가
바뀌고 사람들이 그를 밟고 지나갔다 아무도 그것을 치우
지 않았다 발길질에도 터지지 않는 단단한 공허

　그때, 누군가 그의 다리에 발전기를 연결했다 기계의 고
른 숨이 주입되자, 죽어 있던 회색뭉치들이 근육을 얻어 꿈
틀거리기 시작했다 비닐 다리가 분수 쪽으로 솟구치고, 비
둘기떼가 흩어져 날아올랐다 눅눅하던 주름들이 팽팽히
펴지며 거대한 미끄럼틀로 솟아올랐다

　순식간에 광장의 아이들이 몰려와 그의 썩지 않는 하반
신을 기어올랐다 비닐 곡선을 타고 미끄러지는 아이들의

웃음소리가 그의 등뒤에서 폭죽처럼 터졌다 발전기가 멈
출 때마다 아이들이 방방 뛰다가, 공기가 빠져나가는 다리
주름 속에 손가락을 집어넣고 거죽을 북북 긁어댔다

알려지지 않은 트라우마 아이

백린탄이 불꽃놀이처럼 쏟아지던 밤, 불길 속에서 화염의 아가리에 삼켜져 유리의 비명으로 녹아내리던 아이, 그 곁에는 아무도 없었다 차트에는 'Unknown Trauma Child' 이름이 지워지고 피부도 지워진 형체만 남은 아이, 그 누구도 아이를 찾지 않았다 피 얼룩과 창백한 병실, 아이를 감은 하얀 붕대가 스스로 풀어지며 희부연 빛을 내뿜고 있었다

불빛이 꺼졌다, 켜졌다, 다시 꺼졌다 병실의 공기가 뒤틀린다 바닥에 붙어 있던 침대 그림자에 어둠이 차오른다 그때, 어둠 속 흩어지던 불꽃의 파편들이 날아들기 시작한다 병실 천장 균열에서 새하얀 깃털이 새어나온다 폭설처럼 쏟아지는 깃털의 소용돌이가 뼈와 살을 입고 거대한 날개의 형상을 빚어낸다

아이의 침대 머리맡 흰올빼미가 그 크고 하얀 날개의 닻을 내리고 있었다 잔혹한 밤이 휩쓸고 지나간, 아이의 찢긴 몸을 가만히 쓸어준다 헐거워진 붕대의 매듭을 다시 묶고, 화염이 훑고 간 자리에 새하얀 깃털의 안감을 덧댄다 그의

손끝에는 돋아나는 실과 새틴의 부드러운 천, 누비솜과 은
빛 바늘 그리고 심장의 온기, 그 곁에 앉아 아이의 찢긴 상
처를 가만히 기워낸다

그의 호박빛 눈동자가 잠든 아이를 비춘다 은은한 날개
가 아이를 감싸안는다 밤의 시뻘건 눈이 희고 검게 갈라진
다 바람 소리가 창을 두드린다 잿빛 거울을 산산조각내며
검은 연기를 두르고 아이의 이름을 지우러 온 밤의 마왕을
온몸으로 막으며!

포름알데히드에 오래 절여진

1
주문진 바닷가 작은 슈퍼 앞에 오징어가 널려 있다
햇살과 바닷바람에 뻣뻣해진 오징어가 허공에 펄럭이고
있다

어떤 장면은 사랑하는 사람의 마지막을 떠올리게 한다
서늘한 살갗이 굳어갈 때
바람조차 베일 듯한 팽팽한 정적이 세워진다

2
부헨발트 강제수용소
다크 투어 10번 방

투어 안내자가
사람 가죽을 벗겨 만든 전등갓을 가리키자
램프에 불이 들어왔다
수용소 밖 능선
너도밤나무 숲에서 바람이 불어온다

램프가 흔들린다
생체 실험실에서 피를 다 뽑고
말라 굳어진 살가죽

활을 대자 징!
찰랑대던 둔탁한 저음이
석양을 향해
마지막 피를 다 뽑아내는 소리
수용소 밖 능선
너도밤나무 숲의 바람이
램프를 흔든다
말라 굳어진
살가죽에
바람이 불 때마다
징!
다시 그 밤의 첼로 소리

3
아홉 살 여름
시체가 떠내려와
마을 사람들이 거죽을 덮어주던
밤나무 숲

강둑에 앉아 진동하는 밤꽃 향기와
멀리서 거죽을 들춰보던 어른들의 불쾌한 목소리
나는 보고 싶었다

마침내 거죽이 들춰지고
물에서 죽은 사람의 마지막 얼굴

해부학 표본의 침전물처럼

가라앉다 자꾸만

떠오른다

과학실 구석 먼지 쌓인

양서류 해부표본

다리를 벌린 채 허공에 떠 있는 개구리는

막창집 바닥에 널브러진 내장

방치된 뱀술처럼

포름알데히드에 오래 절여져

유리병 속의 차가운 부유물,

박제되지 못한 야생의 피가 가라앉다 자꾸만

불쑥 떠오른다

자, 다음 방으로!

누군가

딸깍

램프의 불을 끈다

딸깍

램프의 불을 끈다

살의 포경선

폐기물 처리사가 방에 들어섰을 때
썩은 내가 진동하는 매트리스
사체가 있던 자리는
검게 푹 꺼져 있었다
벽지에 사방무늬 곰팡이가 피어올랐다
개수대에 불어터진 라면들
날아드는 독촉장
영원히 부풀어올라 박제된
살의 포경선
고독사한 여자는 삼십대 폭식증 환자였다
눈과 귀가 괴사된
늪의 사체처럼
탐식과 거식을 반복하다
앙상함과 멀어졌다
가족은 그녀를 버렸다
새벽 한시
편의점 사냥 후 라면을 먹고 바다표범처럼 잠들고
일어나 다시 잠들었다
아무도 그녀를 찾지 않았다

바다의 밤 속에

돌을 묶어 서서히 가라앉히는

처형처럼

서서히 살 속에 파묻히고 있었다

누구도 찌를 수 없어

칼날을 스스로의 목구멍에 겨누고

가장 잔인한 방식으로

살 속에

스스로를 묻어버렸다

푹 꺼진 매트리스 아래

흘러내리는 오물들

질긴 살들의 번식

진동하는 살찐 처녀의 비린 살냄새

지독한 악취의 살풍경

아보카도

껍질을 눌러보면 딱딱해서 더 두어야겠군 놓게 되는 아
보카도, 바구니에 둔 아보카도, 잠든 두꺼비, 움켜쥔 새가
미끄러지듯 다시 잡았다 놓게 되는 아보카도, 골드베르크
변주곡 선율에 세공된 달빛의 관상 기도를 품고, 후투티 울
음소리와 햇살이 구겨놓은 하얀 시트 위에서 수류탄처럼
터지고 싶은 아보카도, 아보카도의 폭발을 상상하기는 어
려운가? 연둣빛 속살이 하얀 시트에 너울지며 부르르 오래
떠는 아보카도, 아주아주 오래전 열대 숲에서 나보다 훨씬
큰 소화기관을 가진 거대 동물의 장속을 굴러가던 씨앗의
아보카도, 북아메리카 오세이지 오렌지나무 밑동에 썩어
문드러질 만큼 쌓여 있던 아보카도의 킬링필드, 그 씨앗이
사랑의 발굽*을 달고 기어이 먼길을 돌고 돌아 나에게 왔
구나 문득, 눌러보면 깨진 두개골처럼 으스러지는 아보카
도, 너무 물러 과육이 껍질 밖으로 튀어나와 손가락 사이로
흘러내리는 아보카도 아무도 알아차리지 못하게 혼자만으
로도 찬란하고 은밀하게

* 실비아 플라스의 시 「느릅나무」(『거상』, 윤준·이현숙 옮김, 청하, 1990)에서 인용.

3부
말벌의 배를 찢고 나온 그 밤

3부
말벌의 배를 찢고 나온 그 밤

아마릴리스

구근을 언제 심는다 했지

통증이 올 때마다
너는 아마릴리스를 생각한다 했지

아마릴리스,
갈기처럼 불거진 붉은 꽃대

레드 라이언(Red Lion)이라니

가을볕에 구덩이를 파고 뾰족한 부분이 위를 향하도록
태양을 향해 포효하는
붉은 사자의 갈기를 닮은 꽃

너의 앙상해진 굽은 뼈는
점점 대지의 구근을 향하고 있다

무균실, 골반뼈에 커다란 바늘이 꽂힌다
너의 골수는 다시 너의 핏속에 이식된다

등뼈가 들썩이도록 게워낼 때마다
너의 몸에서
백합의 초경과
사자의 갈기 세운 아마릴리스의 여름
펄떡이는 심장 왜소은하 내부
희미한 별의 정수리 냄새가 난다

여름은
너의 등에서 터지는 골수의 비명을 찌른다

구근의 심장에서
피를 짠다
피를 탄다

너는 등을 돌린다
너의 숨은 심장의 바깥에서 가장 먼 촛불을 끈다

이제 아마릴리스가 갈기를 세울 시간이다

창가에 심어둔 구근에서
두 개의 아마릴리스 붉은 꽃대가
나란히 꽃봉오리를 터뜨리고 있었다

노을이 유리창에 붉은 발톱을 세우고

갈기로 우는 저녁

소쩍새 울음이 은하를 건너는 밤

병풍이 쳐지고, 건넛방에는 방문을 열어둔 염습사(殮襲
師). 삼베 옷이 몸에 닿아 서걱이는 소리를 듣는다

중복이었다 마당의 천막은 팽팽하고 삼 일 동안 그늘과
사람이 번갈아 머물다 갔다 밤이면 은하수가 뭉클 쏟아질
듯 낮게 흘렀다 깊고 푸른 물길이 지붕 위를 천천히 지나가
고 소쩍새 울음이 분명하게, 푸른 못처럼 박혔다 사라졌다

새벽에는 가마솥에 불을 지폈다 콩나물과 김치, 식은밥
과 숭덩숭덩 썬 절편, 갱시기가 끓어올랐다 훅 끼치는 김을
피해 동네 아주머니들이 죽을 푸는 동안 허기는 찬 새벽 공
기 속으로 밀려났다 상주들과 상여꾼들은 건더기가 풀어
헤쳐진 뜨거운 국물을 마시며 산에 오를 채비를 서둘렀다

향을 피워도 병풍 너머에선 냄새가 흘러나왔다 엷은 휘
발, 살이 스스로를 놓아주며 할머니의 몸에서 내 몸으로 그
냄새가 건너오던 밤, 나는 아이의 목덜미에서 푸른 비늘을
세우며 돋아나는 은하의 냄새에 얼굴을 묻는다 소쩍새 울
음이 은하를 건너는 밤

꽃의 시반(屍斑)

목련이 낱눈을 하나씩 터뜨리는 동안,
너에게로 가는 빛의 송유관이 끊어질 것이다

자신의 골수로 뛰어드는
백골 부대

부릅뜬 눈은
너를 겨냥한 적 없는
발포 명령
돌이킬 수 없는 행진

움켜쥔 것들이
저절로 날을 세워
울음을 자르고 사라진다

헐떡이는 총구를 입에 물고
하얀 꽃이 터진다

봄의 절명

꽃의 시반 위로

가던 길을 멈춘 개가 한쪽 다리를 든다

누가 지나간다

발끝을 세운
무늬 몬스테라 그림자 벽을 더듬는다

밤의 눈꺼풀 사이에서
열렸다 닫히는
밤의 희부연 그림자
몬스테라 잎에 어른거린다
흰꼬리수리처럼 내려다본다

동묘 낙타털 카펫
촘촘히 짜인 낙타 눈썹 냄새
누가 모래를 흩뿌려놓았나

다이슨이 혼자 돌아간다
모래 위를 누가 스친다

벽에 어른거리는 몬스테라 그림자가
갈라진 빛을 거두어 접는다

벽이 숨을 들이쉬고
공기 속에 다른 심장이 뛴다

바닥이 미세하게 흔들린다
그림 속의 발이 벽을 따라 걸어다닌다

창문을 닫아도
모래는 입술에 먼저 닿아
혀끝에선 모래 비늘이 버석거린다

천장이 낮게 울린다
식탁 아래로 몸을 웅크린다
모래가 발목을 훑고 지나간다

이미 지나간 발이
아직 서성인다

호접란이 눈망울을 하나씩 터뜨리는 동안

말벌 뱃속 기생하는, 제노스 페키
퇴화한 겹눈, 가장자리의 털이
빛을 걸러낸다

눈마다 담긴 작은 시야가
서로 겹치며
빛을 쪼개고 모으고

그 눈은 운석이 쏟아지던 고대의 밤에서 왔다
어둠을 가르고
날개를 펼쳐
말벌의 배를 찢고 나온 그 밤

나는 그 속에서
겹눈이 열어놓은 수천 개의 눈으로 너를 본다

터널 속을 달리면
보이지 않던 풍경들이
천천히 드러나던 순간이 있었다

맨 처음 핀 난 꽃잎이
밤의 감은 눈 위에서
빛을 벗고
층층이 떨어진다

순록이끼의 방

　종합검진센터 입구 벽에는 스칸디아모스 액자가 산그림처럼 걸려 있었다 혹을 하나 떼어내고, 스칸디아모스 순록이끼를 분양받은 날부터 내 몸에서 이끼가 자라난다 세포까지 메마른 날 화분 속에 쓰러져 잠들고 싶은 날, 아가미를 닫고 꼬리를 감추고 진흙 속에서 말라간 폐어처럼 벽 속에서 긴긴 잠을 자다 깨어나고 싶어

　무언가 피부를 뚫고 간질거린다 내 팔꿈치 아래 미세한 이끼가 뿌리를 내린다 혈관 속으로 서늘한 수액이 차오른다 연골 사이로 미세한 조류가 흐른다 입안에서 진흙 냄새가 터지고 머리카락은 자꾸만 대지로 검게 휘어진다 갈비뼈 틈새 폐 사이 무언가 꿈틀거린다 손톱 밑에서 미세한 포자가 터져나온다 발목과 잔뿌리, 살과 흙, 혀와 뿌리가 뒤엉켜

　나의 살갖은 순록이 풀을 뜯는 툰드라의 대지로 뻗어간다
북극꽃고비, 그물잎버들이 물결친다
얼음 속에서 툰드라별꽃이 피어난다

별을 향해 눕는다, 나를 완전히 비워내고

이끼의 숲에서 무언가 물컹하고 축축한 것이 겨드랑이
를 핥는다

간지러워 웃음이 터지고

순록의 눈에 푸른 이끼 바다가 내 발끝까지 차오른다

먼 은하의 고래자리 별이 출렁인다

벽관 체험

저항선이 무너졌다

사회공포증을 앓는 내가
디지털 기기에 뇌가 절여져

삼일절 기념 벽관 체험하러 간다

체험이 시작되자
0.5평 독방에 나를 가둔다

서대문 형무소 역사관 지하 고문실
고문 기구들 사이
우뚝 세워진 벽관

수틀릴 때마다 부풀어오르던 관
어제는 디근자 주방이 관짝처럼 조여오고
썩지 않는 납빛 통조림은 나를 시들게 한다
쿠팡에서 로켓배송된 일제 강판에 양배추를 썰다
왼쪽 검지 손톱을 날렸다

화면을 터치하던 손가락이 허공을 긁는다
다시 검지가 아려온다
번뇌가 들어오지 못하도록
엄지를 붙잡고
벽의 경전이 되어본다
벽이 되어가는 나를 바라본다

사지가 조여온다
관절이 굳어간다
보이지 않는 손톱이 벽을 긁는다
손톱 밑
대못 박힌 비명

지지선이 무너진다

옴짝달싹할 수 없는 벽관에 갇혀
뇌가 널뛰기 시작한다

수면장애, 호르몬 교란, 스트레스로 교감신경이 항진된
상태입니다

벽관 속에서

떠오르는 생각들을 자른다
칼날을 달아 허공에 던진다

텅 빈

울음을 자르며 터져나오는
벽의 사리

유리벽에 부딪친 새의 울음이
저녁을 낳았다

그리고
벽을 뚫고
사라지는
총성 없는 시간의 탄피들

능소화

능소화가 저녁의 관을 길게 울리고
산비둘기 울음이
부풀었다 사그라진다

길 아래 어둠이 천천히 고일 때
운구차 한 대가
빛을 가만히 끌고 지나갔다

4월의 라일락

맹학교 배식 봉사에서 처음 만난,
내 왼쪽에서
알감자 담당이었던 그녀는
얼굴이 검고 병색이 짙어 보였다

육 년 전
열 살 때
그녀의 큰아들은
열감기로 사경을 헤매다
시신경을 다쳐
눈이 보이지 않는다고 했다

배식을 마치고
식사를 마치고
청소가 끝나고
마주앉은 그녀와 내가
마른 행주로
소독한 수저를 닦다가

어느새 축축해진 행주로
테이블을 한번 더 닦고
냅킨을 채우고
그러고도 할말이 떠오르지 않아

어디선가 짙은 라일락 향기가
훅
코끝을
시선을
새하얀 행주에
흠칫
흩뿌렸다
사라지는 오후

아카시아 잎살이 아른거리는 오후

6월 초저녁
수유리 햇빛병원 창가엔
비릿하고 달큰한 아카시아 냄새가 흘러들었다

막 아기를 낳은 노산의 친구는
끊어질 듯 조여오는 통증의 터널에서 막 빠져나와
희미하게 웃었다
실핏줄이 다 터진 얼굴로
아카시아 잎살처럼 보드랍고 뜨거운 젖가슴에

피와 태지를 막 닦아낸
마알간 아기가 올려지고

잎맥처럼 불거진 푸른 정맥이
띵띵하게 젖빛으로 차오르고 있었다

창문 너머로 아카시아 잎들이
여린 바람에 떨리며, 큰 가지를 흔들었다

친구는 아기에게 젖을 물리고
지그시 내려다보고 있었다

유리 입술로 오물거리며
젖을 찾는 아기는
아른거리며
투명하게
식물처럼 반짝였다

갓 태어난 아기 얼굴에 깃든
황혼의 눈, 코, 입
바위 같은 젖가슴에 얼굴을 부비다
온몸이 빨개지도록
울음을 터뜨렸다

젖빛 숨결이 방안을 채우고
공기 속에,
천천히 저녁이 섞여들었다
아카시아 잎살이 창가에 오래도록 아른거리는 오후

산목련

잿빛 천둥과 어두운 고요 속에
달빛이 숨을 멈춘다
어둠을 벗기는 긴 동고비 울음소리
산목련이 숨죽이고 하얀 꽃잎을 연다
흡월(吸月)한 달빛이 조용히
당신의 숨결에 포개진다

큰유리새의 아침

해남 대흥사 동백숲, 유선여관 낮은 처마 위로 눈썹달이
지고
연못 위엔 간밤의 붉은 동백꽃들이 흩어져 있었다
밤새 새가 울었다
새소리가 파도의 시퍼런 날을 타고 울렸다 사라졌다
툇마루 위, 식어버린 찻잔과 나란히 놓인 댓돌의 신발들
방안의 낮은 숨소리
마주한 서로의 살결을 타고 창호지 문살에 고여 있다 물
방울로 맺혀 흐른다
큰유리새는 밤새 문 창살에 부딪쳤을가 피를 토하듯 허
공에 날개를 퍼덕이다
유리, 유리 심장 깊숙이 떠돌던 투명한 맥박이 멈추고
번쩍이던 파도의 날은 푸른 깃털마다 투명하게 부서졌다
동백꽃 수의에 차갑게 누운 새 한 마리
대흥사 동종의 긴 울림

송정

이빨 사이로 어둠이 빠져나간다
열기가 고인 쇄골에서
모래의 금빛이 빠져나간다
유실물 보관함
얼룩무늬 수영복, 물안경, 뒤집힌 슬리퍼
고여 있던 어둠이 빠져나간다

텅 빈 조개껍데기
모래가 물무늬를 그리고
파도의 벼랑 쪽으로 세상은 밀려난다
물새떼처럼 파도에 떠 있는
서퍼들의 검은 등줄기 위로
농익은 여름이
이글거리는 열기가
투명함 속에서 길을 잃고
고요히 빠져나간다

그을린 뭉게구름
절정도 없이 시들어가는

내 여름의 화관이
황혼의 꽃대 속
붉은 입술로 타오른다

이제 파도를 탈 시간이다
바다에 누우면
파도는
밀려오고 뒤집혀
여름은
아직도
파도의 입을 더 더 벌리며
서퍼들의 팽팽한 근육 위로
끝없이 밀려드는 파도를 세운다

돔배기

돔배기를 썬다
허벅지에 악성종양을 도려내고
허옇게 드러난 정수리
설 다음날
친정 온 고모가
젖은 나무 도마에
듬성듬성 돔배기를 썰다 말고
어떤 말을 삼킨다

나는 아무것도 듣지 못한다
서문시장 지하
포 떠서 소금 치고
껍질 굳혀 묵을 만드는 동안
입안에서 씹히는
짜고 비린
상어 지느러미의 묵음

나는 아무것도 보지 못한다
먼 가파른 빛과

흑색종의 깊이
거스를 수 없는 칼집에 절여진
젖은 도마의 파도

95

나는 아무것도 냄새 맡지 못한다
절여진 지느러미의 시간과
명치에 걸린 어떤 말
내륙의 밤은 길고
닳아 흐릿해진 고모의
달항아리 이마에
마알간 윗물의 은하수가 내려앉는다

송이버섯을 찾아서

작은아버지는 송이버섯밭을 알고 있다고 했다 남처럼
지내는 늙은 작은아버지를 따라 송이버섯을 따러 산을 탔
다 태양광 사업으로 산속 비탈밭을 팔아 벌목이 한창이라
고, 그가 가리킨 곳은 털 빠진 환자의 민둥머리 같은 폐허
위 머리 푼 구름의 긴 그림자

말을 더듬는 그는 할머니 산소를 지나다 말없이 풀을 뽑
았다 살아생전 할머니와도 끝내 말이 없었던, 포자처럼 흩
어진 조상들의 묘지를 지나 몇 달 전 돌아가신 친척 할아버
지 묘지에는 옮겨 심은 잔디가 듬성듬성 자리를 잡고 있었
다 어릴 적 그 할아버지 포도밭에서 죽은 개의 꼬리를 그을
리던 불냄새가 훅 끼쳐온다

도둑골은 깊고 어두웠다 산적이 재를 넘던 시절 붙여진
이름이라고, 작은아버지는 가래 끓는 숨소리로 더듬더듬
말을 이어갔다 한 시간여의 산행으로 뒤처진 우리는 숨을
몰아쉬며 자주 멈춰 섰다 가을 햇살이 나뭇가지 사이로 흩
어졌다 소나무와 신갈나무 드리워진 숲, 되지빠귀 울음소
리, 마른 낙엽 위에 화르르 끓어오르는 풀벌레 소리, 그가

보이지 않는다

　산비탈 이끼 낀 평평한 바위에 그가 누워 있었다 검은 옷
을 입고 아직 태어나지 않은 사람을 영원히 기다리는 여자
처럼, 어떤 발은 납작해진 바위를 닮았다 사랑하는 사람들
이 다 사라진 다음 죽음의 고통조차 완전히 펴 말려버린 뻣
뻣함으로 바위는 평평해진다

　바위 아래 골짜기, 빗물이 흘러내려 축축이 낙엽을 적신
땅, 성근 솔잎과 가는 나무 사이 그는 무릎을 꿇고 목장갑
낀 손으로 솔잎과 갈잎을 헤치고 밑동에 나무막대기를 꽂
아 지렛대로 쑤욱 송이를 들어올렸다 봉그랗고 육질이 단
단한 뽀얀 송이가 흙의 사리로 반짝였다 조심조심 흙을 털
어 내 손에 쥐여주고 향을 한번 맡아보라 한다 숨을 깊이
들이쉬자 이슬 머금은 짙은 솔향과 흙이 되어가는 것들을
눌러주는 가을볕 냄새가 온 숲 파헤쳐진 흙의 맨살 위에 쏟
아지고 있었다

4부
아직 무덤으로 가지 않은 발이 있다네

브레히트 묘지에서

브레히트 생가
낭송회에 삼십 분 일찍 도착한 우리는

베를린 주택가
잘 가꾸어진 공원묘지
초여름 물오른 베고니아, 장미들
묘지를 찌르는
사이프러스
오후의 그늘진 햇살 속에서

브레히트의 묘비를 찾아
비문을 읽는다

잿빛 담벼락 아래
닳고 흐릿해진
비석들을 더듬는다

우리는 왔던 길을 되짚어갔다

L시인이 독일어로 된 비문을 읽는다
도대체 브레히트의 묘지는 어디에 있는 거지
P시인은 묘지 지도를 펼친다

자다가 심장이 멈출까봐 밤을 지새우던
그의 망명지를 더듬는다

매만지고
이어붙여도
결국 읽히지 않는 비문

땅거미가 내리고 있었다
제자리를 맴돌고
지도 앞에서
왔던 길을 되돌아가고

안내원이 행사장으로 들어오라고 손짓한다

끝내
그가 죽어서 누워 있는 곳은
우리의 얄팍한 방문을 허락하지 않았다

불이 모두 꺼지고

밤의 벌어진 묘지 사이로 하얀 꽃들의 운구가 들어올려
지고

그때
등뒤에서 불길처럼 검게 치솟은
거대한 사이프러스 그림자
혼불처럼 일렁인다
휘
희
끊어질 듯 이어지는
긴
긴
호랑지빠귀 울음소리

나는 묘비가 필요 없다*
나는 묘비가 필요 없다

고라니 그림

올무에 목이 걸린 고라니 그림, 동생이 그리다 만 고라니 그림 한 점 내 방에 걸었다 밤사이 맑은 붓자국이 내 고막을 쓸고 지나간다 자작나무 은빛 뼈에 드리운 투명한 붓질, 풀벌레 소리 별빛에 화르르 끓어올랐다 뚝

일제히 숨을 죽이고

그리다 만 너의 유령들이 내 가슴을 할퀸다 너의 별들이 내 불타는 뺨에 은하수를 던진다 별의 파편들이 내 눈을 무자비하게 띄운다 올무가 내 살을 파고든다 목이 조여온다 자작나무 둥치에 피가 번진다 치켜든 비명이 숲의 정적을 찢는다 짐승의 비명에 젖은 은하수가 밤하늘을 핥으며 지나간다

얼굴 작두
―유대인 박물관에서

밤의 관자놀이에 총성
조여오는 벽

얼빠진 얼굴들이
자그락거려요

발을 뗄 때마다
챙, 챙

유대인 박물관
기억의 공백*에 앉아
발밑에 깔린
얼굴들의 비명
얼이 빠질 것만 같아요
밑이 빠질 것만 같아요
발을 떼자
챙, 챙

가스실

손톱 빠진 벽이 어둠을 긁고
화구에 타오르던 얼굴들이
차가운 쇳소리로 울부짖어요
챙, 챙

귀를 막고 주저앉자
얼굴의 파편들이 날을 세워 철길을 만들고
기차가 내달려요
발 잘린 비명
얼굴의 인두, 얼굴의 철조망, 얼굴의 뼈, 얼굴의 거푸집,
얼굴의 쇳물, 불꽃을 집어삼키며 굳어가는 레일이 된 그 얼
굴의 바깥을 달려요

내 발을 조여와요

아우슈비츠에서 다하우로

기차가 내달려요

얼굴의 파편들이 굉음으로 갈리며 벌판을 지나 갱도를
지나 밤을 지나 잿더미를 지나

이 작두에 올라타라!

열이 오르고
알 수 없는 기운에 발이 들어올려져
얼굴 작두 위를 뛰어요!

레일의 굉음 속에서
울음의 우레 위에서
얼이 빠지게
밑이 빠지게

살을, 살이 푸지게 풀어지게 풀리게 풀풀 푸성지게 푸푸
혼령들을 불러
한삼도령을 돌 때에는 굿거리장단, 부채도령을 돌 때에
는 별상장단, 칼도령을 돌 때에는 당악장단

진혼귀굿** 장단에
돌고 돌아
뛰고 또 뛰어

우레의 울음소리가 온몸을 뚫고 지나가요
챙, 챙

발목 없는 발이

바닥없는 마루를 걸어요
구덩이에 던져진 몸뚱이들의 탑
우리가 덮어버린 얼굴의 낙엽들
얼굴의 날 끝에 입 벌린 채 굳어간 얼굴의 낙엽들
꾹꾹 밟고 돌아설 때

흙속에서
이 얼굴의 낙엽더미를 뚫고 불칼이 솟는다
재를 털고 일어난 뼈마디에서 푸른 잎이 돋는다

사열하는 죽은 발들의 춤

모란디의 밤

모란디를 보다가
모란을 보다가
밤사이 서쪽 미세먼지
내륙 짙은 안개
자리를 바꾼 빈병들

먼지 쌓인 병에 오후의 빛이 내린다
신선하고 둔탁한 빛의 저음들
오래된 먼지 위에 쌓인다
죽어가는 새의 숨결이 잠시 깃든 창문에
투명한 빛의 실오라기들

그림자 속 병이 길어진다
거멓게 자라나는 병
텅 빈
허공 속의 병
거울 속에서 계속 자란다

모란디를 보다가

모란 향이 은은하게 퍼지는 방, 숨죽인 채

남겨진 빛과

들끓는 침묵

푸른 달이

서서히

핏빛을 머금고

그림자들이 긴 숨을 내쉬며 조용히 일어나고 있었다

피에타

그해 여름,
베를린 노이에 바헤 추모관
뚫린 천장으로 빗줄기가 들이치고 있었다
한 손으로 죽은 아들의 얼굴을 감싸쥐고
익사하듯
온몸으로 빗물을 받아낸 여인

투명한 비의 유리막을 치고
눈썹과 속눈썹 사이
끝없이 맺히고 흘러내리는 물방울의 분수

아들을 감싸쥔 손의 힘줄 위로
뼈의 냉기가 온몸으로 번져온다

두건을 쓴 굽은 어깨와
등뼈의 시간이
앙상하게 뻗은 다리에 두껍게 내려앉는다

청동 두건 속 깊이를 알 수 없는 어둠이

눈을 뜬다

서로를 영원히 끌어안은 채
숨죽여 바라보고 있도록

밤은 말한다

밤은 말한다
밤이 우리에게 기대하던
죽음에의 선발을 두려워하지 말라*

신호에 걸려 차가 서자
집시들이 비누 거품을 내며
유리창을 닦기 시작한다
홀로코스트 박물관에서 나오는 길이었다

티어가르텐 검은 숲
얼굴을 내밀어 밤공기를 마신다
번쩍이는 밤의 이빨들

유모차를 밀고 가는 사람
개 목줄에 끌려가는 사람

너무 오래 한자리에 서 있는 나무의 침묵은 분열적이다

우리는 다른 시대의 입김으로

날숨을 섞는다

아우슈비츠에서 다하우로
고압선에 몸을 던져
끊어졌다 이어지는 가는 그 숨소리
벽 긁는 소리
가스실,
조여오는 숨소리

밤은 말한다

닫히지 않는 확신의 눈꺼풀이
긴 포화 속 세계의 지도를 그리고
구덩이마다 흐릿한 불씨의 악몽을 되살린다

스커트를 입고 달리는 사람
자전거를 타고 스치는 사람
각자의 입김을 흩뿌리며
서로 다른 방향으로 사라진다

밤의 숲은 적막하고
밤공기가 나의 숨을 덮친다
숨을 참는다. 밀어젖힌다, 터뜨린다, 튕겨나간다, 부딪친다

말아올린다, 뒤섞인다, 참는다, 토해낸다, 게워낸다, 삼
킨다, 삭인다, 태운다
마침내 비운다

나무들은 한자리에서 혼신을 다한 적막으로
밤하늘에 숨구멍을 틔우며 한덩어리로 도사리고 있다

커리부어스트는 짜고
슈니첼은 퍽퍽했다

티어가르텐
얼굴을 내밀어 밤공기를 마신다
밤은 말한다

밤공기 속에는 내가 없고
그리고 위치를 바꾼 포성과
나오려다 삼켜진 죽은 자들의 말들
끝을 알 수 없는 밤의 서늘한 회랑에서
돋아났다 사라지는
밤의 얼굴들

다른 방향으로 사라진다

* 빅터 프랭클의 『죽음의 수용소에서』(이시형 옮김, 청아출판사, 2025)를 인용.

KTX, 밤의 가스파르

역방향 좌석
달리는 창밖을 거슬러
피아노 공연 실황 생중계가 시작된다

기차가 달린다

곡명은 〈밤의 가스파르〉
교수대
참수당한 저녁해가 유리창에 걸려 덜렁인다

거의 죽어가는 것들이
목구멍 끝에서
신음하며 번져나오는 소리

건반 위로 번지는 어둠
핏빛 노을
불붙은 쇠처럼 울리는 종소리

어째서 쇠나무에 불이 붙고

썩은 나무는 캄캄해지면서 뒤틀린 빛을 발하는지

기차는 계속 미끄러진다

물에 닿으면 투명해지는 유령꽃
유리창에 맺힌 얼굴들 사이

멈추지 않는 b플랫의 타건
허공에 못을 박는 망치 소리
오래,
차창을 두드린다

아직 피흘리지 않는 종소리

본
—경희에게

본에서 우리는 다시 만났지
헤어슈트라세
투명한 하늘을 뚫고
암젤 울음소리
툭툭 떨어지는 벚꽃 터널을 휘저었지

십여 년 전
고향 직지사 한정식집
돌 지난 첫아이들 데리고
전투하듯 밥을 먹고
버찌가 툭툭 떨어지는 벚나무 길을 걸었지
키르셰! 키르셰!
너의 작은 아이가
크록스 신은 하얀 발로
버찌를 밟았지
아스팔트에 번지는 검붉은 과육

너의 얼굴에 꽃잎의 시반이 어른거린다
이제 막 터진 벚꽃 사이로

햇살이 맹렬히 번지고
뭉게구름이 피어오르고
새들이 날아오른다

너는 허공을 보며 말한다
여기서 뼈를 묻어야 한다고
자보레, 우드, 나폴레옹
피안벚나무, 태양벚나무, 왕벚나무
우리가 걸었던 벚나무 길을 더듬는다
너의 작은 딸아이가 달린다
아이를 쫓는다
벚꽃이 툭툭 터진다
키르셰! 키르셰!

달항아리

흐르는 은하수의 유골함
달항아리에는 죽은 당신이 들어 있다

당신은 천천히 불길 속으로 들어간다

천년 전 참선을 하다
앉은자리에서 열반한 승려처럼
당신의 뼈가 화염 속에서 이글거린다

뜨거운 당신이 나를 지나간다
당신은 사막에 내리는 눈, 빙하 속에 잠든 고래
만년설이 품은 은빛 화석

가장 뜨겁게 얼어붙은 별의 사리를 품는다

지나간 자리마다
내가 아닌 것들이 남는다

당신은 나를 비운다

나는 당신의 무성한 온기를 지우고

끓어오르는 백토의 무쇠 악기가
화구에서 나와
검은 입을 벌린 채 천천히 식어간다

사라진 사람

대문에 자물쇠가 굳게 잠겨 있었다 그 집 앞을 지날 때
폐부를 들끓게 하는 산비둘기 울음소리, 어릴 적 작두 펌프
에 마중물을 부으면 그 소리가 났지 머리 푼 구름이 얕게
흩어지고 산괴불주머니꽃 층층이 피어난다

치매를 앓던 그의 부인은 어느 날 요양원에서 사라졌다
앙상한 남편의 다리를 주무르던 손, 세탁물을 걷으며 아직
태어나지 않은 아기를 기다리듯 햇빛에 바싹 말리던 기저
귀 여자가 떠나고 그의 허물은 운반 침대에 실려나갔다

녹내장에 눈이 흐릿한 늙은 남자는 더듬더듬 홀로 저녁
을 먹고, 텔레비전을 켜둔 채 잠이 들었다 자다가 문을 긁
는 이상한 소리에 눈을 떴다

아침에 요양 보호사가 들어섰을 때 남자는 시멘트 뜰에
이마를 찧은 채 피 흘리며 고꾸라져 있었다 벌목이 한창이
고 산이 붉게 파헤쳐지던 해였다 웃자란 사철나무 울타리
마당의 닭장은 비어 있었고, 핏자국 위로 몰려든 개미떼가
조용히 엉겨 있었다

텔레비전 화면에는 흰 눈발이 끝없이 흘러내리고 있었다

123

가슴과 칼날*
—루이스 부르주아에게

어느 비 갠 오후, 우연히 엿보게 된 산비둘기 한 마리 베
란다 화분 받침에 고인 물을 마시고, 깃털을 씻고는 푸드득
흔적도 없이 날아가는 것이다 새소리를 따라 숲속으로 깊
이 더 깊이 들어갔던 날이 있었다 그날부터 산비둘기 울음
소리 나를 따라다닌다 다가가면 아득히 멀어지는 소리, 잿
빛 천둥과 녹는 펌프에서 퍼올려지는 깊은 우물의 쇳소리,
어두워지는 수풀 속에 버려진 내 얼굴은 아직도 밤의 우물
에 걸려 있고, 늑골 사이 멈춰버린 잿빛 깃털, 까마득한 발
밑, 하얀 조약돌을 떨구면 어두운 밤의 우물 바닥에서 거꾸
로 돌아나는 차가운 물의 도끼

거대한 파쇄기가 내 가슴을 짓누르고 지나간다 도저히
기울 수 없는 커다란 구멍이 몸의 안쪽을 밀어내며 밖으로
터져나온다

이 울음은 어디서 시작되었나 해진 어둠의 솔기를 뜯어
내는 저녁 비탈길에서, 절벽 돌아나는 잡초들 사이에서, 밀
려왔다 밀려가는 어둠과 파도 사이 밤의 해안에서, 식지 않
은 지층의 균열이 밀려올라와 가슴을 대륙처럼 들어올린

다 가슴에서 끓어오르는 뜨거운 파도의 쇳물, 이름 붙일 수
없는 것들이 터져나와 몸을 찢고 거대한 울음으로 솟구친다
가슴을 텅텅 울리는 산비둘기 울음소리, 영원히 무너진 채
돋아나는 텅 빈 울음의 건축물, 뼈마디 마디마다 젖은 깃털
이 돋고 폐를 쥐어짜듯 부풀었다 사그라지는 저 낮은 울음
소리, 나는 이 울음을 지나 끝내 가슴을 가르는 칼날을 향해

　　아직 바닥에 닿지 못한 조약돌 하나가 내 늑골 사이 영원
히 가라앉고 있다

* 루이스 부르주아의 조각 연작에 건네는 응답.

빈(殯)

아직 무덤으로 가지 않은 발이 있다네
지상의 껍질을 벗고
대기자의 빈 객실
바람의 널을 찢는 발이 있다네
천오백 년 전 정촌고분
마한(馬韓)의 수장이라던
망자의 발뼈에서 발견된
빈, 파리 번데기의 시간
아직 무덤으로 가지 않은 발이 있다네
용장식 금신을 신고
텅
텅
빈
허공에
도려낸 입들이
알 수 없는 번식처럼
마지막 별빛을 빨아들이고
아직 무덤으로 가지 않은 발이 있다네

문혜진의 편지

절벽 아래로 내달리는 북극의 레밍 무리*처럼 우리는 이 혼란한 맹목의 시대, 오랜 불안과 무기력을 질병처럼 잠복한 채 아무렇지 않게 거리를 활보하는 무증상 환자들인지도 모릅니다. 팬데믹의 공포와 계엄의 밤을 지나며 우리는 '멀쩡해 보여도 아픈 사람, 아파 보여도 멀쩡한 사람' 사이의 모호한 경계 위를 위태롭게 지나왔습니다. 오해와 편견의 벽을 두르고, 타인의 소리 없는 비명과 내면의 무너지는 기척에 무감해진 채, 서늘한 침묵의 벽 뒤로 각자 숨어버리곤 합니다.

눈이 많이 내리던 지난겨울, 빙판길에서 입은 골절상으로 한동안 누워 뼈가 붙기를 기다리는 시간이 있었습니다. 성장통의 터널을 지나는 아이들 곁에서 꼼짝 못 하고 누워 있자니 팬데믹 시기 여러 부위의 골절로 홀로 병상을 견디던 엄마의 고통이 시간차를 두고 내 몸으로 번져왔습니다. 내가 직접 부서지고 앓아보지 않고서야 가장 가까운 타인의 고통조차 온전히 내 몸의 통증으로 받아들일 수 없음을 뼈아프게 실감한 계절이었습니다.

스위스 시인 필리프 자코테는 『순례자의 그릇: 조르조 모란디』(마르코폴로, 2022)에서 겨울을 기다림, 견디어 내

---

* 조르조 아감벤, 「인류와 레밍」, 『저항할 권리』(효형출판, 2021).

는 계절로서의 인내를 묵상하게 하는 아름다운 시간으로 바라봅니다. 거친 생각이 불쑥 뇌리를 스칠 때, 말이 혀끝을 맴돌 때, 입 밖으로 바로 내지 않고 안에서 굴려보는 것도 겨울 숲과 눈의 색깔에 쌓인 침묵의 순간을 머금어보는 행위일 것입니다. 그는 벼룩시장에서 사온 병들에 먼지가 뽀얗게 내려앉을 때까지 기다렸다가 같은 구도의 정물을 그리고 또 그리곤 했지요. 끈질기게 바라보던 것을 다시 바라보는 구도자적인 시선 때문인지, 모란디의 그림은 겨울 숲과 눈(雪)의 빛깔처럼 사색적인 평온을 줍니다.

자코테는 엄혹하고 겨울 같은 기다림을, 늙은 농부나 수도사가 견뎌내는 회벽의 침묵을 떠올립니다. 자코테가 말하는 이 '기다림'이란 겪었음을, 고통받았음을, '견디어냈음'을 의미할 것입니다. 저항하거나 절망하는 대신 끈질기게 응시함으로써 색감이 더욱 풍부해지고 유일한 빛이 소리 없이 몸에 스며들기를 기다리는 그 구도자적인 마음 말이지요.

모란디를 생각하면 목련꽃이 떠오릅니다. 고향 집 마당을 지켜온 사십 년이 넘은 목련나무에 꽃이 피면 그 우아하고 꼿꼿한 자태의 후광은 겨울을 지나온 침묵의 시간을 떠올리게 합니다. 목련나무에 걸려 있던 문조 한 쌍, 암투병에 지친 할아버지가 목련나무 환한 꽃 터널 아래서 낡은 의

자에 앉아 볕을 쬐던 오후, 할머니와 동생이 두른 하얀 천을 배경으로 파자마 바지에 양복 상의만 입고 영정사진을 찍던 어느 날의 풍경들, 그 장면은 눈(雪)의 색깔들이 겹겹이 겹쳐진 목련꽃의 그윽하고 은은한 빛깔을 닮아 있습니다.

시를 쓸 때에도 시가 쓰여지지 않을 때에도, 이 막막한 고요 속에서 더 먼 곳을 품을 수 있는 깊고 그윽한 시선이 내게 깃들기를 바랐습니다. 내 사랑도 당신이라는 정물을 오래도록 그윽하게 바라보며, 기꺼이 다시 시작할 용기로 피어나기를 기도합니다.

이 시들이 고통 속에 혼자 있는 당신에게 긴 겨울의 침묵을 깨고 창가에 내려앉은 목련의 빛깔이 되어 따뜻한 봄 인사를 건네주기를.

Asymptomatic Patient

Translated by Min Ji Choi

Asymptomatic Patient

No one opens their mouth first

I take a half-day off to go to the doctor and open my mouth
wide
Your nasal mucosa is raw and your throat is swollen
If there's no sign of fever or major cough
You're likely asymptomatic
You should drink lots of fluid and sleep well

I collect my prescription and go to a café
Someone who looks fine while sick, someone who's sick
but looks fine

Throughout the night I lie prone, not a sound of breath-
ing
Something taps
Steps lightly on my tailbone and springs toward the shelf
not a
gah! escapes my mouth and a heavy elasticity thrashes my

back

    A monstera's shadow draped in the darkness

    Roots dangling from the flowerpot

    Coil around her like a spider monkey's tail

    A carbon emitter, dopamine addict, for-profit mutant like you,

    On days when I want to sleep like a newborn without a care without calculation without waking when

    Sleep clocks in for overtime

    Lying in bed I turn on a sleep meditation

    Gathering my thoughts at my solar plexus

    Inhale slowly exhale

    Tick tock of the clock hand sharpening

    Gurgling drainpipes

    Where is sleep now?

    Sleep resists, keeps fleeing

    Midnight news flash

Breaking the glass! Continues the state of emergency. Barricades are stacked high. There goes the helicopter. A recycling operation order no one asked for nor provides, protestors flood the streets the terror continues

Another order overnight…feverless coughless am I a sick person? Politely seizing sleep, flipping sleep over, mounting it, crushed flat, turned over…the great sleep catastrophe, sleep resists, continues to flee, to avoid me, it renounces, it pummels me, it binds me helpless, news tickers across the screen. The crowd stands before cold tanks. I change my tactics I shall accompany the runaway sleep

I pull it towards the most comfortable place of the mattress and put it to bed. Grab sleep by the collar, wring its neck

Knock knock,

Here comes overnight delivery

최민지(Min Ji Choi)

서울에서 태어나 스무 살에 영국으로 가 영문학을 공부했다. 케임브리지 세인트 존스 칼리지의 하퍼-우드 문예창작 펠로우였으며, 2025년 미국문학번역가협회(ALTA) 멘토링 프로그램에 한국 시 부문 신인 번역가로 참여하였다. 현재 하버드대 비교문학 박사 과정에 재학중이다.

난다시편 008

무증상 환자

ⓒ 문혜진 2026

1판 1쇄 인쇄 2026년 4월 16일　　　　1판 1쇄 발행 2026년 4월 28일

지은이 문혜진
펴낸이 김민정
책임편집 유성원
편집 정가현 민윤지 정수범
디자인 퍼머넌트 잉크
저작권 박지영 형소진 주은수 오서영 조경은
마케팅 정민호 한민아 이민경 한경화 박진희 황승현 김경언 양지연
브랜딩 함유지 이송이 박민재 김하연 신은서 이준희 조다현
미디어콘텐츠 함근아 김은솔 박다솔
제작 강신은 김동욱 이순호
제작처 천광인쇄사

펴낸곳 (주)난다
출판등록 2016년 8월 25일
제406-2016-000108호
주소 10881 경기도 파주시 회동길 210
저작권 및 독자문의 copyright_nanda@munhak.com
작가섭외 및 행사문의 innanda@munhak.com
페이스북 @nandaisart　　　**엑스** @wingedpoems
인스타그램 @nandaisart
문의전화 031-955-8865(편집)　031-955-2690(마케팅)　031-955-8855(팩스)

ISBN 979-11-24065-38-9　03810